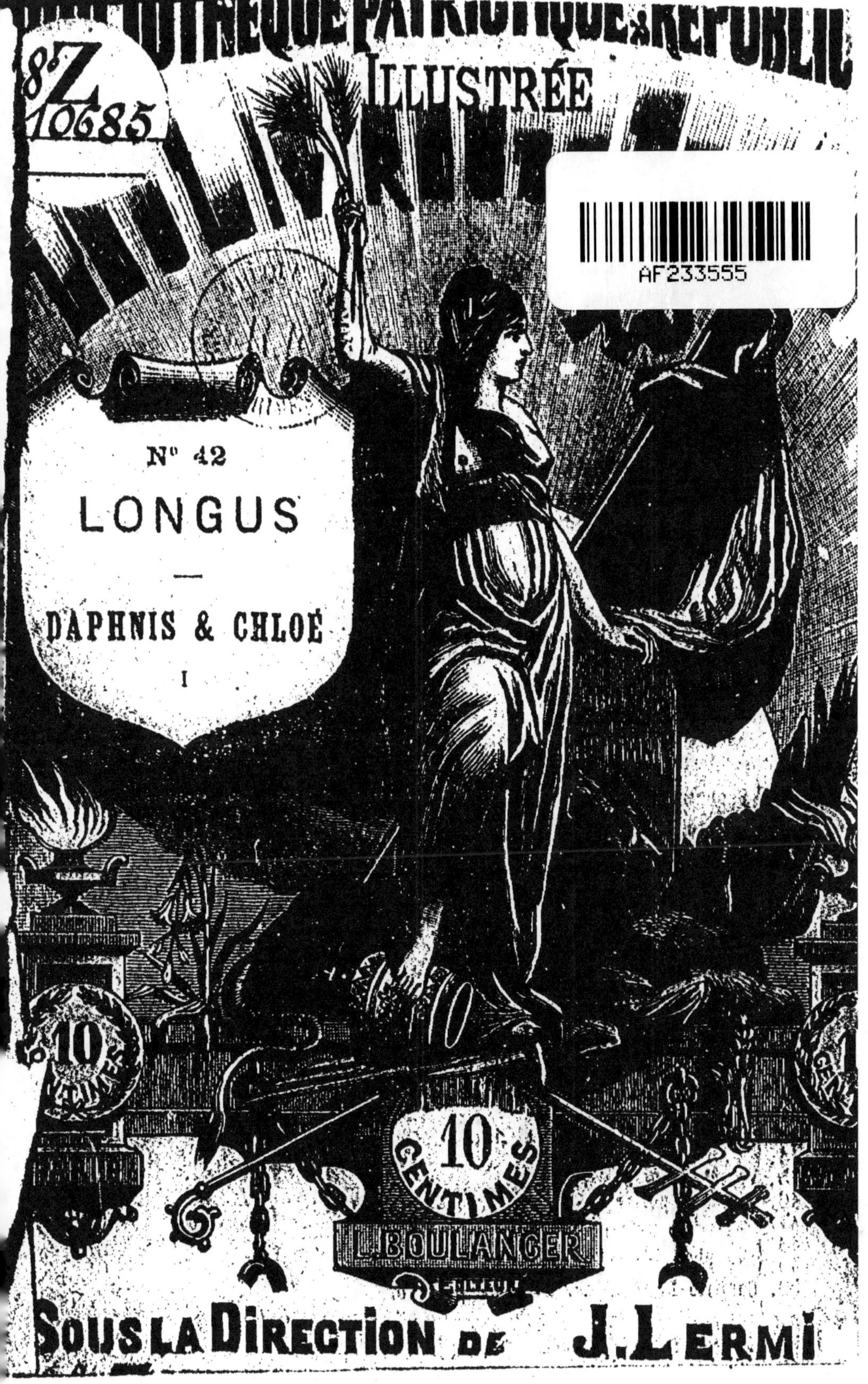

BIBLIOTHEQUE PATRIOTIQUE & REPUBLIC
ILLUSTRÉE
8 Z
10685
N° 42
LONGUS
—
DAPHNIS & CHLOÉ
I
10
10 CENTIMES
L. BOULANGER
SOUS LA DIRECTION DE J. LERMI
AF233555

Il paraît un volume par semaine. Chaque volume pris chez l'éditeur ou chez les libraires ou marchands de journaux, coûte 10 Centimes.

Chaque volume envoyé *franco* par la poste, coûte 15 Centimes.

Cette augmentation n'est pas autre chose que le prix réclamé par la poste. — Les cinquante premiers volumes sont :

1. Victor Hugo. — A travers son Œuvre.
2. Général Boulanger. — Biographie et Discours.
3. Molière. — Les précieuses Ridicules.
4. Gambetta. — L'affaire Baudin.
5. Papiers et Correspondances de la Famille impériale.
6. Diderot. — Ceci n'est pas un Conte.
7. Ch. Floquet. — Paris et la République.
8. J.-J. Rousseau. — Confessions. — L'Enfance.
9. Ch.-L. Chassin. — Le Centenaire de 89.
10. Jules Claretie. — Les Derniers Montagnards.
11. J. Grévy. — Biographie et Discours.
12.
13. } Voltaire. — Candide.
14. Racine. — Les Plaideurs.
15. Restif de la Bretonne. — Les vingt épouses des Vingt associés.
16. Thiers. — Le 18 mars.
17. Desaugiers. — Chansons.
18. Danton. — La Patrie en danger.
19. Les Jésuites et leurs instructions secrètes.
20. Mercier. — Paris en 1789.
21. Jules Lermina. — La France martyre.
22.
23. } Molière. — Le Tartufe.
24. Hégésippe Moreau. — Contes. — La Souris blanche.
25. Journiac Saint-Méard. — Mon Agonie (1793).
26. Mirabeau. — Opinions et Discours.
27.
28. } Beaumarchais. — Le Barbier de Séville.
29. Lafontaine. — Fables.
30. J.-J. Rousseau. — Le Contrat social.
31. Barbès. — Deux jours de Condamnation à mort.
32. Molière. — L'Ecole des Maris.
33. Diderot. — Les deux Moines.
34.
35. } Beaumarchais. — Le Mariage de Figaro.
36.
37. Tony Révillon. — Hoche.
38. Lamennais. — Le Livre du Peuple.
39.
40. } X. de Maistre. — La jeune Sibérienne.
41. Edouard Lockroy. — Biographie et Extrait.
42.
43. } Longus. — Daphnis et Chloé.
44.
45. Voltaire. — Poésies.
46. Eugène Spuller. — Biographie et Discours.
47. Corneille. — Le Menteur.
48.
49. } Rabelais. — Gargantua.
50. Camille Desmoulins. — La Lanterne.

DAPHNIS ET CHLOÉ

LIVRE PREMIER

En l'île de Lesbos, chassant dans un bois consacré aux Nymphes, je vis la plus belle chose que j'aie vue en ma vie, une image peinte, une histoire d'amour. Le parc, de soi-même, était beau ; fleurs n'y manquaient, arbres frais, fraîche fontaine qui nourrissait et les arbres et les fleurs ; mais la peinture, plus plaisante encore que tout le reste, était d'un sujet amoureux et de merveilleux artifice ; tellement que plusieurs, même étrangers, qui en avaient ouï parler, venaient là dévots aux Nymphes et curieux de voir cette peinture. Femmes s'y voyaient accouchant, autres enveloppant de langes

(1) L'auteur de *Daphnis et Chloé*, *Longus* est absolument inconnu. Le manuscrit de cette idylle romanesque fut trouvé dans la Bibliothèque des moines du Mont-Athos et ne porte pas de nom d'auteur.

Ce roman grec — un des rares qui aient survécu d'une littérature de décadence — est plus élégant que naïf. On y sent la préoccupation de la simplicité, ce qui en est le plus souvent l'antithèse. Cependant il règne dans ces pages un charme singulier, et les peintures un peu vives qu'il renferme ont une sorte de chasteté relative.

Traduit d'abord par le célèbre Amyot, *Daphnis et Chloé* fut revu et amendé par Paul-Louis Courier, qui à la gloire de pamphlétaire libéral ajoutait un renom mérité d'helléniste. C'est sa version que nous publions aujourd'hui.

On retrouvera dans ce petit livre le prototype de Paul et Virginie.

Ⓒ

des enfants, des petits poupards exposés à la merci de
fortune, bêtes qui les nourrissaient, pâtres qui les enle-
vaient, jeunes gens unis en amour, des pirates en mer,
des ennemis à terre qui couraient le pays, avec bien
d'autres choses, et toutes amoureuses, lesquelles je re-
gardai en si grand plaisir, et les trouvai si belles, qu'il
me prit envie de les coucher par écrit. Si cherchai
quelqu'un qui me les donnât à entendre par le menu;
et ayant le tout entendu, en composai ces quatre livres,
que je dédie comme une offrande à Amour, aux Nymphes et à Pan, espérant que le conte en sera agréable
à plusieurs manières de gens, pour ce qu'il peut servir
à guérir le malade, consoler le dolent, remettre en mémoire de ses amours celui qui autrefois aura été amoureux, et instruire celui qui ne l'aura encore point été.
Car jamais ne fut rien ni ne sera qui se puisse tenir
d'aimer, tant qu'il y aura beauté au monde et que les
yeux regarderont. Nous-même, veuille le Dieu que sage
puissions ici parler des autres!

Mitylène est ville de Lesbos, belle et grande, coupée
de canaux par l'eau de mer qui flue dedans et tout
alentour, ornée de ponts de pierre blanche et polie; à
voir, vous diriez non une ville, mais comme un amas
de petites îles. Environ huit ou neuf lieues loin de cette
ville de Mitylène, un riche homme avait une terre; plus
bel héritage n'était en toute la contrée, bois remplis de
gibier, coteaux revêtus de vignes, champs à porter
froment, pâturages pour le bétail, et le tout au long
de la marine, où le flot lavait une plage étendue de
sable fin.

En cette terre, un chevrier nommé Lamon, gardant
son troupeau, trouva un petit enfant qu'une de ses
chèvres allaitait, et voici la manière comment. Il y avait
un hallier fort épais de ronces et d'épines, tout couvert
par-dessus de lierre, et au-dessous la terre feutrée

d'herbe menue et délicate, sur laquelle était le petit enfant gisant. Là s'en courait cette chèvre, de sorte que bien souvent on ne savait ce qu'elle devenait, et abandonnant son chevreau, se tenait auprès de l'enfant. Pitié vint à Lamon du chevreau délaissé. Un jour il prend garde par où elle allait, sur le chaud du midi; la suivant à la trace, il voit, comme elle entrait sous le hallier doucement, et passait ses pattes tout beau par-dessus l'enfant, peur de lui faire du mal, et l'enfant prenait à belles mains son pis comme si c'eût été mamelle de nourrice. Surpris, ainsi qu'on peut penser, il approche et trouve que c'était un petit garçon beau, bien fait, et en plus riche maillot que convenir ne semblait à tel abandon; car il était enveloppé d'un mantelet de pourpre, avec une agrafe d'or; près de lui était un petit couteau à manche d'ivoire.

Si fut entre deux d'emporter ces enseignes de reconnaissance, sans autrement se soucier de l'enfant; puis ayant honte de ne se montrer du moins aussi humain que sa chèvre, quand la nuit fut venue, il prend tout, et les joyaux et l'enfant, et la chèvre, qu'il conduisit à sa femme Myrtale, laquelle, ébahie, s'écria si à cette heure les chèvres faisaient de petits garçons; et Lamon lui conta tout, comme il l'avait trouvé gisant et la chèvre le nourrissant, et comment il avait eu honte de le laisser périr. Elle fut bien d'avis que vraiment il ne l'avait pas dû faire; et tous deux d'accord de l'élever, ils serrèrent ce qui s'était trouvé quant et lui, disant partout qu'il est à eux; et afin que le nom même sentît mieux son pasteur, l'appelèrent Daphnis.

A quelque deux ans de là, un berger des environs, qui avait nom Dryas, vit une toute pareille chose, et trouva semblable aventure. Un autre était en ce canton, qu'on appelait l'Antre des Nymphes, grande et grosse roche creuse par le dedans, toute ronde par le dehors;

et dedans y avait les figures des Nymphes, taillées de pierre, les pieds sans chaussures, les bras nus jusques aux épaules, les cheveux épars autour du cou, ceintes sur les reins, toutes ayant le visage riant, et la contenance telles comme si elles eussent ballé ensemble. Du milieu de la roche, et du plus creux de l'antre, sourdait une fontaine, dont l'eau, qui s'épandait en forme de bassin, nourrissait là, au devant, une herbe fraîche et touffue, et s'écoulait à travers le beau pré verdoyant. On voyait attachées au roc force seilles à traire le lait, force flutes et chalumeaux, offrandes des anciens pasteurs.

En cette caverne, une brebis, qui naguère avait agnelé, allait si souvent, que le berger la crut perdue plus d'une fois. La voulant châtier, afin qu'elle demeurât au troupeau comme devant, à paître avec les autres, il coupe un scion de franc osier, dont il fit un collet en manière de lacs courant, et s'en venait pour l'attraper au creux du rocher. Mais quand il y fut, il trouva autre chose : il voit la brebis donner son pis à un enfant, avec amour et douceur, telle que mère autrement n'eût su faire ; et l'enfant, de sa petite bouche belle et nette, pour ce que la brebis lui léchait le visage après qu'était soûl de teter, prenait sans un seul cri, puis l'un, puis l'autre bout du pis, de grand appétit. Cet enfant était une fille ; et avec elle aussi, pour marques à la pouvoir un jour connaître, on avait laissé une coiffe de réseau d'or, des patins dorés, et des chaussettes brodées d'or.

Dryas estimant cette rencontre venir expressément des dieux, et instruit à la pitié par l'exemple de sa brebis, enlève l'enfant dans ses bras, met les joyaux dans son bissac, non sans faire prière aux Nymphes qu'à bonheur pût-il élever leur pauvre petite suppliante ; puis, quand vint l'heure de ramener son troupeau au teôt, retournant au lieu de sa demeure champêtre, conte à sa femme ce qu'il avait vu, lui montre ce qu'il avait trouvé, disant qu'elle ne ferait que bien si elle voulait de là en avant tenir cet enfant pour sa fille et comme telle la nourrir, sans rien dire de telle aventure. Napé (c'était le nom de la bergère), Napé, de ce moment, fut mère à la petite créature, et tant l'aima, qu'elle paraissait proprement jalouse de surpasser en cela sa brebis, qui toujours l'allaitait de son pis : et, pour mieux faire croire qu'elle fût sienne, lui donna aussi un nom pastoral, la nommant Chloé.

Ces deux enfants en peu de temps devinrent grands, et d'une beauté qui semblait autre que rustique. Et sur le point que l'un fut parvenu à l'âge de quinze ans, et l'autre de deux de moins, Lamon et Dryas, en une même nuit, songèrent tous deux un tel songe. Il leur fut avis que les Nymphes, celles-là mêmes de l'antre où était cette fontaine, et où Dryas avait trouvé la petite fille, livraient Daphnis et Chloé aux mains d'un jeune garçonnet fort vif et beau à merveille, qui avait des ailes aux épaules, portait un petit arc et de petites flèches et les ayant touchés tous deux d'une même flèche, commandait à l'un paître de là en avant les chèvres, et à l'autre les brebis. Telle vision aux bons pasteurs présageant le sort à venir de leurs nourrissons, bien leur fâchait qu'ils fussent aussi destinés à garder les bêtes. Car jusque-là, ils avaient cru que les marques trouvées quant et eux leur promettaient meilleure fortune, et aussi les avaient élevés plus délicatement qu'on ne fait les enfants des bergers, leur faisant apprendre les lettres, et tout le bien et honneur qui se pouvait en un lieu champêtre : se résolurent toutefois d'obéir aux dieux touchant l'état de ceux qui, par leur providence, avaient été sauvés ; et, après avoir communiqué leurs songes ensemble, et sacrifié en la caverne à ce jeune garçonnet qui avait des ailes aux épaules (car ils n'en eussent su dire le nom), les envoyèrent aux champs, leur enseignant toutes choses que bergers doivent savoir : comment il faut faire paître les bêtes avant midi, et comment après que le chaud est passé ; à quelle heure convient les mener boire, à quelle heure les ramener au tect ; à quoi il est besoin user de la houlette, à quoi de la voix seulement. Eux prirent cette charge avec autant de joie comme si c'eût été quelque grande seigneurie, et aimaient leurs chèvres et brebis trop affectueusement que n'est la coutume des bergers ; pour ça qu'elle se sentait tenue de la vie à une brebis, et lui de sa part se souvenait qu'une chèvre l'avait nourri.

Or était-il lors environ le commencement du printemps, que toutes fleurs sont en vigueur, celles des bois, celles des prés et celles des montagnes. Aussi jà commençait à s'ouïr par les champs bourdonnement d'abeilles, gazouillement d'oiseaux, bêlement d'agneaux nouveau-nés. Les troupeaux bondissaient sur les collines, les mouches à miel murmuraient par les prairies, les oiseaux faisaient résonner les buissons de leur chant. Toutes choses adonc faisant bien leur devoir de s'égayer à la saison nouvelle, eux aussi, tendres, jeunes d'âge, se mirent à imiter ce qu'ils entendaient et voyaient. Car entendant chanter les oiseaux, ils chantaient ; voyant bondir les agneaux, ils sautaient à l'envi ; et, comme les abeilles, allaient cueillant des fleurs, dont ils jetaient les unes dans leur sein, et des autres arrangeaient des chapelets pour les Nymphes ; et toujours se tenaient ensemble, toute besogne faisaient en commun, paissant leurs troupeaux l'un près de l'autre. Souventefois Daphnis allait faire revenir les brebis de Chloé, qui s'étaient un peu loin écartées du troupeau ; souvent Chloé retenait les chèvres trop hardies, vou-

lant monter au plus haut des rochers droits et coupés ;
quelquefois l'un tout seul gardait les deux troupeaux,
pendant le temps que l'autre vaquait à quelque jeu.
Leurs jeux étaient jeux de bergers et d'enfants. Elle,
s'en allant dès le matin cueillir quelque part du menu
jonc, en faisait une cage à cigale, et cependant ne se
souciait aucunement de son troupeau ; lui, d'autre côté,
ayant coupé des roseaux, en pertuisait les jointures,
puis les collait ensemble avec de la cire molle, et s'apprenait à en jouer bien souvent jusques à la nuit. Quelquefois ils partageaient ensemble leur lait ou leur vin,
et de tous vivres qu'ils avaient portés du logis se faisaient part l'un à l'autre. Bref, on eût plutôt vu les
brebis dispersées paissant chacune à part, que l'un
de l'autre séparés Daphnis et Chloé.

Or, parmi tels jeux enfantins, Amour leur voulut
donner du souci. En ces quartiers y avait une louve,
laquelle ayant naguère louveté, ravissait des autres
troupeaux de la proie à foison, dont elle nourrissait ses
louveteaux, et pour ce, gens assemblés des villages
d'alentour faisaient la nuit des fosses d'une brasse de
largeur et quatre de profondeur, et la terre qu'ils en
tiraient, non toute, mais la plupart, l'épandaient au
loin ; puis étendant sur l'ouverture des verges longues
et grêles, les couvraient en semant par-dessus le demeurant de la terre, afin que la place parût toute pleine
et unie comme devant ; en sorte que s'il n'eût passé
par-dessus qu'un lièvre en courant, il eût rompu les
verges, qui étaient, par manière de dire, plus faible que
brins de paille ; et lors eût-on bien vu que ce n'était
point terre ferme, mais une feinte seulement. Ayant fait
plusieurs telles fosses en la montagne et en la plaine,
ils ne purent prendre la louve, car elle sentit l'embûche ;
mais furent cause que plusieurs chèvres et brebis péri-
rent, et presque Daphnis lui-même par tel inconvénient.

Deux boucs s'échauffèrent de jalousie, à cosser l'un contre l'autre et si rudement se heurtèrent, que la corne fut rompue ; de quoi sentant grande douleur, celui qui était écorné se mit en bramant à fuir, et le victorieux à le poursuivre, sans le vouloir laisser en paix. Daphnis fut marri de voir ce bouc mutilé de sa corne ; et se courrouçant à l'autre, qui encore n'était content de l'avoir ainsi laidement accoutré, si prend en son poing sa houlette, et s'en court après ce poursuivant. De cette façon, le bouc fuyant les coups, et lui le poursuivant en courroux, guère ne regardaient devant eux ; et tous deux tombèrent dans un de ces piéges ; le bouc le premier, et Daphnis après ; ce qui l'engarda de se faire du mal, pour ce que le bouc soutint sa chute. Or, au fond de cette fosse, il attendait si quelqu'un viendrait point l'en retirer et pleurait. Chloé ayant de loin vu son accident, accourt, et voyant qu'il était en vie, s'en va vite appeler au secours un bouvier de là auprès. Le bouvier vint : il eût bien voulu avoir une corde à lui tendre, mais il n'en purent trouver brin. Par quoi Chloé, déliant le cordon qui entourait ses cheveux, le donne au bouvier, lequel en dévale un bout à Daphnis ; et tenant l'autre avec Chloé, tant firent-ils eux deux en tirant de dessus le bord de la fosse, et lui en s'aidant et grimpant du mieux qu'il pouvait, que finalement ils le mirent hors du piége. Puis retirant par même moyen le bouc, dont les cornes en tombant s'étaient rompues toutes deux (tant le vaincu avait été bien et promptement vengé), ils en firent don au bouvier pour sa récompense, et entre eux convinrent de dire au logis, si on le demandait, que le loup l'avait emporté.

Revenus ensuite à leurs troupeaux, les ayant trouvés qui paissaient tranquillement et en bon ordre, chèvres et brebis, ils s'assirent au pied d'un chêne et regardèrent si Daphnis était point quelque part blessé. Il n';

avait en tout son corps trace de sang ni mal quelconque, mais bien de la terre et de la boue parmi ses cheveux et sur lui. Si résolu de se laver, afin que Lamon et Myrtale ne s'aperçussent de rien. Venant donc avec Chloé à la caverne des Nymphes, il lui donna sa panetière et son sayon à garder et se mit au bord de la fontaine à laver ses cheveux et son corps.

Ses cheveux étaient noirs comme ébène, tombant sur son col bruni par le hâle ; on eût dit que c'était leur ombre qui en obscurcissait la teinte. Chloé le regardait, et lors elle s'avisa que Daphnis était beau ; et comme elle ne l'avait point jusque-là trouvé beau, elle s'imagina que le bain lui donnait cette beauté. Elle lui lava le dos et les épaules, et en le lavant sa peau lui sembla si fine et si douce, que plus d'une fois, sans qu'il en vît rien, elle se toucha elle-même, doutant à part soi qui des deux avait le corps plus délicat. Comme il se faisait tard pour lors, étant déjà le soleil bien bas, ils ramenèrent leur bêtes aux étables ; et de là en avant Chloé n'eut plus autre chose en l'idée que de revoir Daphnis se baigner. Quand ils furent le lendemain de retour au pâturage, Daphnis, assis, sous le chêne à son ordinaire, jouait de la flûte et regardait ses chèvres couchées, qui semblaient prendre plaisir à si douce mélodie. Chloé pareillement assise auprès de lui, voyait paître ses brebis, mais plus souvent elle avait les yeux sur Daphnis jouant de la flûte, et alors aussi elle le trouvait beau ; et pensant que ce fût la musique qui le faisait paraître ainsi, elle prenait la flûte après lui, pour voir d'être belle comme lui. Enfin elle voulut qu'il se baignât encore ; et pendant qu'il se baignait, elle le voyait tout nu, et le voyant elle ne se pouvait tenir de le toucher ; puis le soir, retournant au logis, elle pensait à Daphnis nu, et ce penser-là était commencement d'amour. Bientôt elle n'eut plus souci ni souvenir de rien que de Daphnis, et de rien ne parlait que de lui. Ce qu'elle éprouvait, elle n'eût su dire ce que c'était ; simple fille nourrie aux champs, et n'ayant ouï en sa vie le nom seulement d'amour. Son âme était oppressée ; malgré elle, bien souvent ses yeux s'emplissaient de larmes. Elle passait ses jours sans prendre de nourriture, les nuits sans trouver le sommeil ; elle riait et puis pleurait ; elle s'endormait, et aussitôt se réveillait en sursaut ; elle pâlissait, et au même instant son visage se colorait de feu. La génisse piquée du taon n'est point si follement agitée. De fois à autre elle tombait en une sorte de rêverie, et toute seulette discourait ainsi : « A cette heure, je suis malade et ne sais quel est mon mal ; je souffre et n'est point de blessure ; je m'afflige, et si n'ai perdu pas une de mes brebis ; je brûle, assise sous une ombre si épaisse. Combien de fois les ronces m'ont égratignée ! et je ne pleurais pas ; combien d'abeilles m'ont piquée de leur aiguillon ! et j'en était bientôt guérie. Il faut donc dire que ce qui m'atteint au cœur cette fois est plus poignant que tout cela. De vrai, Daphnis est beau, mais il ne l'est pas seul ; ses joues sont vermeilles, aussi sont les fleurs : il chante, aussi font les oiseaux : pourtant, quand j'ai vu les fleurs ou entendu les oiseaux, je n'y pense plus après. Ah ! que ne suis sa flûte, pour toucher ses lèvres ! que ne suis son petit chevreau, pour qu'il me prenne dans ses bras ! O méchante fontaine qui l'as rendu si beau, ne peux-tu m'embellir aussi ? O nymphes ! vous me laissez mourir, moi que vous avez vu naître et vivre ici parmi vous ! Qui après moi vous fera des guirlandes et des bouquets, et qui aura soin de mes pauvres agneaux ? et de toi aussi, ma jolie cigale, que j'ai eu tant de peine à prendre ? Hélas ! que te sert maintenant de chanter au chaud du midi ? Ta voix ne peut plus m'endormir sous les voûtes de ces antres !

Daphnis m'a ravi le sommeil. » Ainsi disait et soupirait la dolente jouvencelle, cherchant en soi-même que c'était d'amour dont elle se sentait les feux, et si n'en pouvait trouver le nom.

Mais Dorcon, ce bouvier qui avait retiré de la fosse Daphnis et le bouc, jeune gars à qui le premier poil commençait à poindre, étant jà dès sa rencontre féru de l'amour de Chloé, se passionnait de jour en jour plus vivement pour elle ; et tenant peu de compte de Daphnis, qui lui semblait un enfant, fit dessein de tout tenter, ou par présents ou par ruse, ou à l'aventure par force, pour avoir contentement, instruit qu'il était, lui, du nom et aussi des œuvres d'amour. Ses présents furent d'abord, à Daphnis, une belle flûte ayant ses cannes unies avec du laiton au lieu de cire : à la fillette, une peau de faon toute marquetée de taches blanches, pour s'en couvrir les épaules. Puis croyant par de tels dons s'être fait ami de l'un et de l'autre, bientôt il négligea Daphnis ; mais à Chloé chaque jour il apportait quelque chose. C'étaient tantôt fromages gras, tantôt fruits en maturité, tantôt chapelets de fleurs nouvelles, ou bien des oiseaux qu'il prenait au nid ; même une fois il lui donna un gobelet doré sur les bords, et une autre fois un petit veau, qu'il lui porta de la montagne. Elle simple et sans défiance, ignorant que tous ces dons fussent amorce amoureuse, les prenait bien volontiers, et en montrait grand plaisir ; mais son plaisir était moins d'avoir que donner à Daphnis.

Et un jour Daphnis (car si fallait-il qu'il connût aussi la détresse d'amour) prit querelle avec Dorcon. Ils contestaient de leur beauté devant Chloé, qui les jugea, et un baiser de Chloé fut le prix destiné au vainqueur ; là où Dorcon le premier parla : « Moi, dit-il, je suis plus grand que lui. Je garde les bœufs, lui les chèvres ; or, autant les bœufs valent mieux que les chèvres, d'autant vaut mieux le bouvier que le chevrier. Je suis blanc comme le lait, blond comme gerbe à la moisson, frais comme la feuillée au printemps. Aussi est-ce ma mère, et non pas quelque bête, qui m'a nourri enfant, il est petit, lui, chétif, n'ayant de barbe non plus qu'une femme, le corps noir comme peau de loup. Il vit avec les boucs, ce n'est pas pour sentir bon. Et puis, chevrier pauvre hère, il n'a pas vaillant tant seulement de quoi nourir un chien. On dit qu'il a tété une chèvre ; je le crois, ma fy, et n'est pas merveille si, nourrisson de bique, il a l'air d'un biquet. »

Ainsi, dit Dorcon ; et Daphis : « Oui, une chèvre m'a nourri, de même que Jupiter ; et je garde les chèvres, et les rends meilleures que ne seront jamais les vaches de celui-ci. Je mène paître les boucs, et si n'ai rien de leur senteur, non plus que Pan, qui toutefois a plus de bouc en soi que d'autre nature. Pour vivre, je me contente de lait, de fromage, de pain bis et de vin clairet, qui sont mets et boissons de pâtre comme nous ; et les partageant avec toi, Chloé, il ne me soucie de ce que mangent les riches. Je n'ai point de barbe ni Bacchus non plus ; je suis brun, l'hyacinthe est noire ; et si vaut mieux pourtant Bacchus que les satyres, et préfère-t-on l'hyacinthe au lis. Celui-là est roux comme un renard, blanc comme une fille de la ville, et le voilà tantôt barbu comme un bouc. Si c'est moi que tu baises, Chloé, tu baiseras ma bouche ; si c'est lui, tu baiseras ses poils qui lui viennent aux lèvres. Qu'il te souvienne, pastourelle, qu'à toi aussi une brebis t'a donné son lait, et cependant tu es belle. » A ce mot, Chloé ne put le laisser achever ; mais, en partie pour le plaisir qu'elle eut de s'entendre louer, et aussi que de longtemps elle avait envie de le baiser, sautant en pieds, d'une gentille et toute naïve façon, elle lui donna le prix. Ce fut bien un baiser innocent et sans art ; toutefois c'était assez pour enflammer un cœur dans ses jeunes années.

Dorcon, se voyant vaincu, s'enfuit dans le bois pour cacher sa honte et son déplaisir, et depuis cherchait autre voie à pouvoir jouir de ses amours. Pour Daphnis, il était comme s'il eût reçu, non pas un baiser de Chloé, mais une piqûre envenimée. Il devint triste en un moment; il soupirait, il frissonnait, le cœur lui battait; il pâlissait quand il regardait la Chloé, puis tout à coup une rougeur lui couvrait le visage. Pour la première fois, alors, il admira le blond de ses cheveux, la douceur de ses yeux et la fraîcheur d'un teint plus blanc que la jonchée du lait de ses brebis. On eût dit que de cette heure il commençait à voir, et qu'il avait été aveugle jusque-là. Il ne prenait plus de nourriture que comme pour en goûter, de boisson seulement que pour mouiller ses lèvres. Il était pensif, muet, lui auparavant plus babillard que les cigales; il restait assis, immobile, lui qui avait accoutumé de sauter plus que ses chevreaux. Son troupeau était oublié; sa flûte par terre abandonnée; il baissait la tête comme une fleur qui se penche sur sa tige; il se consumait, il séchait comme les herbes au temps chaud, n'ayant plus de joie, plus de babil, fors qu'il parlât à elle ou d'elle. S'il se trouvait seul aucunes fois, il allait devisant lui-même: «Dea, que me fait donc le baiser de Chloé? Ses lèvres sont plus tendres que roses, sa bouche plus douce qu'une gauffre à miel, et son baiser est plus amer que la piqûre d'une abeille. J'ai bien baisé souvent mes chevreaux, j'ai baisé de ses agneaux à elle, qui ne faisait encore que d'être; et aussi ce petit veau que lui a donné Dorcon; mais ce baiser ici est tout autre chose. Le pouls m'en bat; le cœur m'en tressaut; mon âme en languit; et pourtant je désire la baiser de rechef. O mauvaise victoire! ô étrange mal dont je ne saurais dire le nom! Chloé avait-elle goûté de quelque poison avant que de me baiser? Mais comment n'en est-elle pas morte? Oh! comme les arondelles chantent, et ma flûte ne dit mot! Comme les chevreaux sautent, et je suis assis! Comme toutes fleurs sont en vigueur, et je n'en fais point de bouquets ni de chapelets! La violette et le muguet fleurissent, Daphnis se fane. Dorcon à la fin paraitra plus beau que moi. » Voilà comment se passionnait le pauvre Daphnis, et les paroles qu'il disait, comme celui qui lors premier expérimentait les étincelles d'amour.

Mais Dorcon, ce gars, ce bouvier amoureux aussi de Chloé : prenant le moment que Dryas plantait un arbre pour soutenir quelque vigne, comme il le connaissait déjà, d'alors que lui, Dryas, gardait les bêtes aux champs, le vient trouver avec de gros fromages gras, et d'abord il lui donna ses fromages ; puis commençant à entrer en propos par leur ancienne connaissance, fit tant qu'il tomba sur les termes du mariage de Chloé, disant qu'il la veut prendre à femme, lui promet pour lui de beaux présents, comme bouvier ayant de quoi. Il lui voulait donner, dit-il, une couple de bœufs de labour, quatre ruches d'abeilles, cinquante pieds de pommiers, un cuir de bœuf à semeler souliers, et par chacun an un veau tout près à sevrer, tellement que, touché de son amitié, alléché par ses promesses, Dryas lui cuida presque accorder le mariage. Mais songeant puis après que la fille était née pour bien plus grand parti, et craignant qu'un jour, si elle venait à être reconnue, et ses parents à savoir que, pour la franchise de tels dons, il l'eût mariée en si bas lieu, on ne lui en voulût mal de mort, il refusa toutes ces offres, et l'éconduisit en le priant de lui pardonner.

Par ainsi, Dorcon se voyant pour la deuxième fois frustré de son espérance, et encore qu'il avait pour

néant perdu ses bons fromages gras, délibéra, puisque
autrement ne pouvait, la première fois qu'il la trouve-
rait seule à seul, mettre la main sur Chloé. Pour à quoi
parvenir, s'étant avisé qu'ils menaient l'autre boire
leurs bêtes, Chloé un jour, et Daphnis l'autre, il usa de
finesse de jeune pâtre qu'il était. Il prend la peau d'un
grand loup qu'un sien taureau, en combattant pour la
défense des vaches, avait tué avec ses cornes, et se
l'étend sur le dos, si bien que les jambes de devant lui
couvraient les bras et les mains, celles de derrière lui
pendaient sur les cuisses jusqu'aux talons, et la hure
le coiffait en la forme même et manière du cabasset
d'un homme de guerre. S'étant ainsi fait loup tout au
mieux qu'il pouvait, il s'en vient droit à la fontaine, où
buvaient chèvres et brebis, après qu'elles avaient pâturé.
Or, était cette fontaine en une vallée assez creuse, de
toute la place à l'entour pleine de ronces et d'épines,
de chardons et bas genévriers, tellement qu'un vrai
loup s'y fût bien aisément caché. Dorcon se musse là
dedans entre les épines, attendant l'heure que les bêtes
vinssent boire; et avait bonne espérance qu'il effraye-
rait Chloé sous cette forme de loup, et la saisirait au
corps pour en faire à son plaisir.

Tantôt après elle arriva. Elle amenait boire les deux
troupeaux, ayant laissé Daphnis coupant de la plus
tendre ramée verte pour ses chevreaux après pâture.
Les chiens, qui leur aidaient à la garde des bêtes, sui-
vaient; et comme naturellement ils chassent mettant
le nez partout, ils sentirent Dorcon se remuer voulant
assaillir la fillette; si se prennent à aboyer, se ruent
sur lui comme sur un loup, et l'environnant, qu'il
n'osait encore, tant il avait peur, se dresser tout à fait
sur ses pieds, mordent en furie la peau de loup, et tiraient
à belles dents. Lui, d'abord honteux d'être reconnu,
et défendu quelque temps de cette peau qui le couvrait,

se tenait tapi contre terre dans le hallier, sans dire mot; mais quand Chloé, apercevant au travers de ces broussailles oreille droite et poil de tête, appela toute épouvantée Dapnis au secours, et que les chiens lui ayant arraché sa peau de loup, commencèrent à le mordre lui-même à bon escient, lorsqu'il se prit à crier si haut qu'il put, priant Chloé et Daphnis, qui jà était accouru, de lui vouloir être en aide; ce qu'ils firent, et, avec leur sifflement accoutumé, eurent incontinent apaisé les chiens; puis amenèrent à la fontaine le malheureux Dorcon, qui avait été mors et aux cuisses et aux épaules, lui lavèrent ses blessures où les dents l'avaient atteint, et puis lui mirent dessus de l'écorme d'orme mâchée, étant tous deux si peu rusés et si peu expérimentés aux hardies entreprises d'amour, qu'ils estimèrent que cette embûche de Dorcon avec sa peau de loup ne fut que jeu seulement; au moyen de quoi ils ne se courroucèrent point à lui, mais le reconfortèrent et le reconvoyèrent quelque espace de chemin, et le menant par la main : et lui qui avait été en si grand danger de sa personne, et que l'on avait recous de la gueule, non du loup, comme il se dit communément, mais des chiens, s'en alla panser les morsures qu'il avait par tout le corps.

Daphnis et Chloé cependant, *jusques à nuit close*, travaillèrent à leurs chèvres et brebis : qui, effrayées de la peau de loup, effarouchées d'ouïr si fort aboyer les chiens, fuyaient les unes à la cime des plus hauts rochers, les autres au plus bas des plages de la mer, toutes au demeurant bien apprises de venir à la voix de leurs pasteurs se ranger au son du flageolet, s'amasser ensemble en oyant seulement battre des mains; mais la peur leur avait fait alors tout oublier; et, après les avoir suivies à la trace comme des lièvres, et à grand' peine retrouvées, les ramenèrent toutes au tect : puis

s'en allèrent aussi reposer ; là où ils dormirent cette
seule nuit de bon sommeil ; car le travail qu'ils avaient
pris leur fut fut un remède pour l'heure au mésaise
d'amour, mais revenant le jour, ils eurent même pas-
sion qu'auparavant, joie à se revoir, peine à se quitter ;
ils souffraient, ils voulaient quelque chose, et ne sa-
vaient ce qu'ils voulaient. Cela seulement savaient-ils
bien, l'un que son mal était venu d'un baiser, l'autre
d'un baigner.

Mais plus encore les enflammait la saison de l'année.
Il était jà environ la fin du printemps et commencement
de l'été, toutes choses en vigueur ; et déjà montraient
les arbres leurs fruits, les blés leurs épis ; et aussi
était la voix des cigales plaisante à ouïr, tout gracieux
le bêlement des brebis, la richesse des champs admi-
rable à voir, l'air tout embaumé, suave à respirer ; les
fleuves paraissaient endormis, coulant lentement et sans
bruit ; les vents semblaient orgues ou flûtes, tans ils
soupiraient doucement à travers les branches des pins.
On eût dit que les pommes elles-mêmes se laissaient
tomber énamourées ; que le soleil, amant de beauté,
faisait chacun dépouiller. Daphnis, de toutes parts
échauffé, se jetait dans les rivières, et tantôt se lavait,
tantôt s'ébattait à vouloir saisir les poissons, qui,
glissant dans l'onde, se perdait sous sa main ; et souvent buvait, comme si avec l'eau il eût dû éteindre le
feu qui le brûlait. Chloé après avoir trait toutes ses
brebis, et la plus large part des chèvres de Daphnis,
demeurait longtemps empêchée à faire prendre le lait
et à chasser les mouches, qui fort la molestaient, et
les chassant la piquaient : cela fait, elle se lavait le
visage, et couronnée de plus tendres branchettes de
pin, ceinte de la peau de faon, elle emplissait une sébile de vin mêlé avec du lait, pour boire avec Daphnis.

Puis quand ce venait sur le midi, adonc étaient-ils

tous deux plus ardemment épris que jamais, pour ce que Chloé, voyant en Daphnis entièrement nu une beauté de tout point accomplie, se fondait et périssait d'amour, considérant qu'il n'y avait en toute sa personne chose quelconque à redire ; et lui, la voyant avec cette peau de faon et cette couronne de pin, lui tendre à boire dans sa sébile, pensait voir une des Nymphes mêmes qui étaient dans la caverne ; si accourait incontinent, et lui ôtant sa couronne qu'il baisait d'abord, se la mettant sur la tête ; et elle, pendant qu'il se baignait tout nu, prenait sa robe et se la vêtissait, la baissant aussi premièrement. Tantôt ils s'entrejetaient des pommes, tantôt ils aornaient leurs têtes et tressaient leurs cheveux l'un à l'autre, disant Chloé que les cheveux de Dapnis ressemblaient aux grains de myrte, pour ce qu'ils étaient noirs ; et Daphnis accomparant le visage de Chloé à une belle pomme, pource qu'il était blanc et vermeil. Aucunes fois ils lui apprenait à jouer de la flûte ; et quand elle commençait à souffler dedans, il la lui ôtait ; puis il parcourait des lèvres tous les tuyaux d'un bout à l'autre, faisant ainsi semblant de lui vouloir montrer où elle avait failli, afin de la baiser à demi, en baisant la flûte aux endroits que quittait sa bouche.

Ainsi comme il était après à en sonner joyeusement sur la chaleur de midi, pendant que leurs troupeaux étaient tapis à l'ombre, Chloé ne se donna de garde qu'elle fût endormie : ce que Daphnis apercevant, pose sa flûte, pour à son aise, la regarder et contempler, n'ayant alors nulle honte, et disait à part soi ces paroles tout bas : « Oh ! comme dorment ses yeux ! comme sa bouche respire ! Pommes ni aubépines fleuries n'exhalent un air si doux. Je ne l'ose baiser toutefois ; son baiser pique au cœur et fait devenir fou, comme le miel nouveau. Puis, j'ai peur de l'éveiller. O fâcheuses cigales !

elles ne la laisseront jà dormir, si haut elles crient.
Et, d'autre côté, ces bouquins ici ne cesseront aujour-
d'hui de s'entre-heurter avec leurs cornes. O loups,
plus couards que renards, où êtes-vous à cette heure,
que vous ne les venez haper ? »

Ainsi qu'il était en ces termes, une cigale, poursui-
vie par une arondelle, se vient jeter d'aventure dedans
le sein de Chloé; pourquoi l'arondelle ne la put prendre, ni ne put aussi retenir son vol, qu'elle ne s'abattît
jusqu'à toucher de l'aile le visage de Chloé, dont elle
s'éveilla en sursaut, et ne sachant que c'était, s'écria
bien haut : mais quand elle eut vu l'arondelle voletant
encore autour d'elle, et Daphnis riant de sa peur, elle
s'assura, et frottait ses yeux, qui avaient encore envie
de dormir; et lors la cigale se prend à chanter entre
les tetins mêmes de la gente pastourelle, comme si,
dans cet asile, elle eût voulu rendre grâce de son salut;
dont Chloé, de nouveau surprise, s'écria encore plus
fort, et Daphnis de rire; et usant de cette occasion, il
lui mit la main bien avant dans lè sein, d'où il tira la
gentille cigale, qui ne se pouvait jamais taire, quoiqu'il
la tînt dans la main. Chloé fut bien aise de la voir, et
l'ayant baisée, la remit chantant dans son sein.

Une autre fois, ils entendirent du bois prochain un
ramier, au roucoulement duquel Chloé ayant pris plaisir, demanda à Daphnis que c'était qu'il disait; et
Daphnis lui fit le conte qu'on en fait communément.
« Ma mie, dit-il, au temps passé y avait une fille belle
et jolie, en fleur d'âge comme toi. Elle gardait les
vaches, et chantait plaisamment; et tant ses vaches aimaient son chant! elle les gouvernait de la voix seulement; jamais ne donnait coup de houlette ni piqûre
d'aiguillon; mais, assise à l'ombre de quelque beau
pin, la tête couronnée de feuillage, elle chantait Pan et
Pitys; dont ses vaches étaient si aises, qu'elles ne s'é-

loignaient point d'elle. Or, y avait-il non guère loin de
là un jeune garçon qui gardait les bœufs, beau lui-
même, chantant bien aussi, lequel étrivait à chanter à
l'encontre d'elle d'un chant plus fort, comme étant
mâle, et aussi doux, comme étant jeune; tellement
qu'il attire à travers le bocage, et emmène avec soi huit
des plus belles vaches qu'elle eût en son troupeau. La
pauvrette adonc, déplaisante autant de son troupeau
diminué comme d'avoir été vaincue au chanter, demandait aux dieux d'être oiseau avant que retourner ainsi
à la maison. Les dieux accomplirent son désir, et en
firent un oiseau de montagne, qui aime toujours à chanter comme quand elle était fille, et encore aujourd'hui
se plaint de sa déconvenue, et va disant qu'elle cherche
ses vaches égarées. »

Tels étaient les plaisirs que l'été leur donnait. Mais
la saison d'automne venue, au temps que la grappe est
pleine, certains corsaires de Tyr s'étant mis sur une
flûte du pays de Carie, afin possible qu'on ne pensât
que ce fussent barbares, vinrent aborder en cette côte,
et descendant à terre armés de corselets et d'épées,
pillèrent ce qu'ils purent trouver, comme vin odorant,
force grain, miel en rayons, et même emmenèrent
quelques bœufs et vaches de Dorcon. Or, en courant çà
et là, ils rencontrèrent de male aventure Daphnis qui
s'allait ébattant le long du rivage de la mer, seul; car
Chloé, comme simple fille, crainte des autres pasteurs,
qui eussent pu en folâtrant lui faire quelque déplaisir,
ne sortait si matin du logis, et ne menait qu'à haute
heure paître les brebis de Dryas. En voyant ce jeune
garçon grand et beau, et de plus de valeur que ce qu'ils
eussent pu davantage ravir par les champs, ne s'amu-
sèrent plus ni à poursuivre les chèvres, ni à chercher
à dérober autre chose de ces campagnes, mais l'entraî-
rent dans leur flûte, pleurant et ne sachant que faire,

sinon qu'il appelait à haute voix Chloé tant qu'il pouvait crier.

Or, ne faisaient-ils guère que remonter en leur esquif et mettre les mains aux rames, quand Chloé vint, qui apportait une flûte neuve à Daphnis. Mais voyant çà et là les chèvres dispersées, et en entendant sa voix, qui l'appelait toujours de plus en plus fort, elle jette la flûte, laisse là son troupeau, et s'en va courant vers Dorcon, pour le faire venir au secours. Elle le trouva étendu par terre, tout taillé de grands coups d'épée que lui avaient donnés les brigands, et à peine respirant encore, tant il avait perdu de sang; mais lorsqu'il entrevit Chloé, le souvenir de son amour le ranimant quelque peu : « Chloé, ma mie, lui dit-il, je m'en vas tout à l'heure mourir. J'ai voulu défendre mes bœufs, ces méchants larrons de corsaires m'ont navré comme tu vois. Mais toi, Chloé, sauve Daphnis; venge-moi; fais-les périr. J'ai accoutumé mes vaches à suivre le son de ma flûte, et de si loin qu'elles soient, venir à moi dès qu'elles en entendent l'appel. Prends-la, va au bord de la mer; joue cet air que j'ai appris à Daphnis, et qu'il t'a montré. Au demeurant, laisse faire ma flûte et mes bœufs sur le vaisseau. Je te la donne, cette flûte, de laquelle j'ai gagné le prix contre tant de bergers et bouviers; et pour cela seulement, je te prie, baise-moi avant que je meure, pleure-moi quand je serai mort; et à tout le moins, lorsque tu verras vacher gardant ses bêtes aux champs, aie souvenance de moi. »

Dorcon achevant ces paroles, et recevant d'elle un dernier baiser, laissa sur ses lèvres, avec le baiser, la voix et la vie en même temps. Chloé prit la flûte, la mit à sa bouche; et sonnant si haut qu'elle pouvait, les vaches, qui l'entendent, reconnaissent aussitôt le son de sa flûte et la note de la chanson, et toutes d'une secousse se jettent en meuglant dans la mer; et comme elles prirent leur élan toutes du même bond, et que par leur chute la mer s'entrouvit, l'esquif renversé, l'eau se renfermant, tout fut submergé. Les gens plongés en la mer revinrent bientôt sur l'eau, mais non pas tous avec même espérance de salut. Car les brigands avaient leurs épées au côté, leurs corselets au dos, leurs bottines à mi-jambe, tandis que Daphnis était tout déchaux, comme celui qui ne menait ses chèvres que dans la plaine, et quasi nu au demeurant; car il faisait encore chaud. Eux donc, après avoir duré quelque temps à nager, furent tirés à fond, et noyés par la pesanteur de leurs armes; mais Daphnis eut bientôt quitté si peu de vêtements qu'il portait, et encore se lassait-il à force, n'ayant coutume de nager que dans les rivières. Nécessité, toutefois, lui montra ce qu'il devait faire. Il se mit entre deux vaches, et se prenant à leurs cornes avec les deux mains, fut par elles porté sans peine quelconque, aussi à son aise comme s'il eût conduit un chariot. Car le bœuf nage beaucoup mieux et plus longtemps que ne le fait l'homme; et n'est animal au monde qui en cela le surpase, si ce ne sont oiseaux aquatiques, ou bien encore poissons; tellement que jamais bœuf ni vache ne se noie si la corne de leurs pieds ne s'amolissait dans l'eau, de quoi font foi plusieurs détroits en la mer, qui jusques aujourd'hui sont appelés Bosphores, c'est-à-dire trajet ou passage de bœufs.

Voilà comment se sauva Daphnis; et contre toute espérance échappant deux grands dangers, ne fut ni pris ni noyé. Venu à terre là où était Chloé sur la rive, qui pleurait et riait tout ensemble, il se jette dans ses bras, lui demandant pourquoi elle jouait ainsi de la flûte; et Chloé lui conta tout : qu'elle avait été pour appeler Dorcon; que ses vaches étaient apprises à venir au son de la flûte; qu'il lui avait dit d'en jouer, et qu'il était mort. Seulement oublia-t-elle, ou possible ne voulut dire, qu'elle l'eût baisé.

Adonc tous deux délibérèrent d'honorer la mémoire de celui qui leur avait fait tant de bien, et s'en allèrent, avec ses parents et amis, ensevelir le corps du malheureux Dorcon, sur lequel ils jetèrent force terre, plantèrent alentour des arbres stériles, y pendirent chacun quelque chose de ce qu'il recueillait aux champs, versèrent du lait sur sa tombe, y épreignirent des grappes, y brisèrent des flûtes. On ouït ses vaches mugir et bramer piteusement; on les vit çà et là courir comme des bêtes égarées; ce que ces pâtres et bouviers déclarèrent être le deuil que les pauvres bêtes menaient du trépas de leur maître.

Finies en cette manière les obsèques de Dorcon, Chloé conduisit Dapnis à la caverne des Nymphes, où elle le lava; et lors elle-même, pour la première fois en présence de Daphnis, lava aussi son beau corps blanc et poli, qui n'avait que faire de bain pour paraître beau; puis cueillant ensemble des fleurs que portaient la saison, en firent des couronnes aux images des Nymphes, et contre la roche attachèrent la flûte de Dorcon pour offrande. Cela fait, ils retournèrent vers leurs chèvres et brebis, lesquelles ils trouvèrent toutes tapies contre terre, sans paître ni bêler, pour l'ennui et le regret qu'elles avaient, ainsi qu'on peut croire, de ne voir plus Daphnis ni Chloé. Mais sitôt qu'elles les aperçurent, et qu'eux se mirent à les appeler comme de coutume et à leur jouer du flageolet, elles se levèrent incontinent, et se prirent les brebis à paître, et les chèvres à sauteler en bêlant, comme pour fêter le retour de leur chevrier.

Mais, quoi qu'il y eût, Daphnis ne se pouvait éjouir à bon escient depuis qu'il eut vu Chloé nue, et sa beauté à découvert, qu'il n'avait point encore vue. Il s'en sentait le cœur malade, ne plus ne moins que d'un venin qui l'eût en secret consumé. Son souffle aucunes fois était fort et hâté, comme si quelque ennemi l'eût poursuivi prêt à l'atteindre; d'autres fois faible et débile, comme d'un à qui manquent tout à coup la force et haleine, et lui semblait le bain de Chloé plus redoutable que la mer dont il était échappé. Bref, il lui était avis que son âme fût toujours entre les brigands, tant il avait de peine, jeune garçon nourri aux champs, qui ne savait encore que c'est du brigandage d'amour.

LIVRE SECOND

Etant jà l'automne en sa force et le temps des vendanges venu, chacun aux champs étant en besogne à faire ses apprêts : les uns racoutraient les pressoirs, les autres nettoyaient les jarres; ceux-ci émoulaient leurs serpettes, ceux-là se tissaient des paniers; aucuns mettaient à point la meule à pressurer les grappes écrasées; d'autres apprêtaient l'osier sec dont on avait ôté l'écorce à force de le battre, pour en faire flambeaux à tirer le moût pendant la nuit; et, à cette cause, Daphnis et Chloé, cessant pour quelques jours de mener leurs bêtes aux champs, prêtaient aussi à de tels travaux l'œuvre et le labeur de leurs mains. Il portait, lui, la vendange dedans une hotte et la foulait en la cuve, puis aidait à remplir les jarres; elle, d'autre coté, préparait à manger aux vendangeurs, elle leur versait du vin de l'année précédente; puis elle se mettait à vendanger aussi les plus basses branches des vignes où elle pouvait avenir. Car les vignes de Lesbos sont basses pour la plupart, au moins non élevées sur arbres fort hauts, et les branches en pendent jusque contre terre, s'étendant çà et là comme lierre, si qu'un enfant hors du maillot, par manière de dire, atteindrait aux grappes.

Et comme la coutume est en telle fête de Bacchus, à la naissance du vin, on avait appelé des champs de là entour bon nombre de femmes pour aider, lesquelles jetaient toutes les yeux sur Daphnis, et en le louant disaient qu'il était aussi beau que Bacchus ; et y en eut une d'elles, plus éveillée que les autres, qui le baisa, dont il fut bien aise, mais non Chloé, qui en avait de la jalousie. Les hommes, d'autre part, dans les cuves et pressoirs, jetaient à Chloé plusieurs paroles à la traverse, et en la voyant trépignaient comme des satyres à la vue de quelque bacchante, disant que de bon cœur ils deviendraient moutons, pour être menés et gardés par une telle bergère ; à quoi Chloé prenait plaisir, mais Daphnis en avait de l'ennui. Tellement que l'un et l'autre souhaitaient que les vendanges fussent bientôt finies, pour pouvoir retourner aux champs en la manière accoutumée, et, au lieu du bruit et des cris de ces vendangeurs, entendre le son de la flûte ou le bêlement des troupeaux.

En peu de jours tout fut achevé, le raisin cueilli, la vendange foulée, le vin dans les jarres, si qu'il ne fut plus besoin d'en empêcher tant de gens ; au moyen de quoi ils recommencèrent à mener leurs bêtes aux champs comme devant ; et portant aux Nymphes des grappes pendantes encore au sarment pour prémices de la vendange, les vinrent en grande joie honorer et saluer, de quoi faire ils n'avaient par le passé jamais été paresseux. Car, et le matin, dès que leurs troupeaux commençaient à paître, ils les venaient d'abord saluer, et le soir, retournant de pâture, les allaient derechef adorer ; et jamais n'y allaient qu'ils ne leur portassent quelque offrande, tantôt des fleurs, tantôt des fruits, une fois de la ramée verte, et uue autre fois quelque libation de lait ; dont, puis après, ils reçurent des déesses bien ample récompense. Mais pour lors ils folâtraient comme deux jeunes levrons ; ils sautaient, ils flûtaient ensemble, ils chantaient, ils luttaient bras à bras l'un contre l'autre, à l'envie de leur béliers et boucquins.

Et ainsi comme ils s'ébattaient, survint un vieillard portant grosse cape de poil de chèvre, des sabots en ses pieds, panetière à son col, vieille aussi la panetière. Se séant auprès d'eux, il se prit à leur dire : « Le bonhomme Philétas, enfants, c'est moi, qui jadis ai chanté maintes chansons à ces Nymphes, maintes fois ai joué de la flûte a ce dieu Pan que voici ; grand troupeau de bœufs gouvernais avec la seule musique, et m'en viens vers vous, à cette heure, vous déclarer ce que j'ai vu et annoncer ce que j'ai ouï. Un jardin est à moi, ouvrage de mes mains, que j'ai planté moi-même, afflé, accoutré depuis le temps que, pour ma vieillesse, je ne mène plus les bêtes aux champs. Toujours y a dans ce jardin tout ce qu'on y saurait souhaiter selon la saison : au printemps, des roses, des lis, des violettes simples et doubles ; en été, du pavot, des poires, des pommes de plusieurs espèces ; maintenant qu'il est automne, du raisin, des figues, des grenades, des myrtes verts ; et y viennent chaque matin à grandes volées toutes sortes d'oiseaux, les uns pour y trouver à repaître, les autres pour y chanter, car il est à couvert d'ombrage, arrosé de trois fontaines, et si épais planté d'arbres, que qui ôterait la muraille qui le clôt, on dirait à le voir que ce serait un bois. Aujourd'hui, environ midi, j'y ai vu un jeune garçonnet sous mes myrtes et grenadiers, qui tenait en ses mains des grenades et des grains de myrtes, blanc comme lait, rouge comme feu, poli et net comme ne venant pas d'être lavé. Il

était nu, il était seul, et se jouait à cueillir de mes fruits comme si le verger eût été sien. Je m'en suis couru pour le tenir, craignant, comme il était frétillant et remuant, qu'il ne me rompît quelque arbuste; mais il m'est légèrement échappé des mains, tantôt se coulant entre les rosiers, tantôt se cachant sous les pavots, comme ferait un petit perdreau. J'ai autrefois eu bien affaire à courir après quelques chevreaux de lait, et souvent ai travaillé voulant attraper de jeunes veaux qui sautaient autour de leur mère; mais ceci est tout autre chose, et n'est pas possible au monde de le prendre. Par quoi me trouvant bientôt las, comme vieux et ancien que je suis, et m'appuyant sur mon bâton, en prenant garde qu'il ne s'enfuit, je lui ai demandé à qui il était de nos voisins, et à quelle occasion il venait ainsi cueillir les fruits du jardin d'autrui. Il ne m'a rien répondu; mais s'approchant de moi s'est prit à me sourire fort délicatement, en me jetant des grains de myrte, ce qui m'a, ne sais comment, amolli et attendri le cœur; de sorte que je n'ai plus su me courroucer à lui. Si l'ai prié de s'en venir à moi sans rien craindre, jurant par mes myrtes que je le laisserais aller quand il voudrait, avec des pommes et des grenades que je lui donnerais, et je lui souffrirais prendre des fruits de mes arbres, et cueillir de mes fleurs autant comme il voudrait, pourvu qu'il me donnât un baiser seulement. Et adonc se prenant à rire avec une chère gaie, et bonne et gentille grâce, m'a jeté une voix si aimable et si douce, que ni l'arondelle, ni le rossignol, ni le cygne, fût-il aussi vieux comme je suis, n'en saurait jeter de pareille, disant : « Quant à
« moi, Philétas, ce ne me serait point de peine de te
« baiser, car j'aime plus être baisé que tu ne désires
« toi retourner en ta jeunesse : mais garde que ce que
« tu me demandes ne soit un don malséant et peu con-

« venable à ton âge, pour ce que ta vieillesse ne t'ex-
« emptera point de me vouloir poursuivre, quand tu
« m'auras une fois baisé; et n'y a aigle ni faucon, ni
« autre oiseau de proie, tant ait-il l'aile vite et légère,
« qui me pût atteindre. Je ne suis point enfant, com-
« bien que j'en aie l'apparence; mais suis plus ancien
« que Saturne, plus ancien même que tout le temps.
« Je te connais dès lors qu'étant en la fleur de ton âge,
« tu gardais en ce prochain pâtis un si beau et gras
« troupeau de vaches, et étais près de toi, quand tu
« jouais de la flûte sous ces hêtres, amoureux d'Ama-
« ryllide. Mais tu ne me voyais pas, encore que je
« fusse avec ton amie, laquelle je t'ai enfin donnée, et
« tu en as eu de beaux enfants, qui maintenant sont
« bons laboureurs et bouviers; et pour le présent je
« gouverne Daphnis et Chloé; et après que je les ai le
« matin mis ensemble, je m'en viens en ton verger, là
« où je prends plaisir aux arbres et aux fleurs, et me
« lave à ces fontaines; qui est la cause que toutes les
« plantes et les fleurs de ton jardin sont si belles à
« voir, pour ce que mon bain les arrose. Regarde si
« tu verras pas une branche d'arbre rompue, ton fruit
« aucunement abattu ou gâté, aucun pied d'herbe ou
« de fleur foulé, ni jamais tes fontaines troublées, et
« te répute bien heureux de ce que toi seul entre les
« hommes, dans ta vieillesse, tu es encore bien voulu
« de cet enfant. » — Cela dit, il s'est enlevé sur les
myrtes, ne plus ne moins que ferait un petit rossignol,
et sautelant de branche en branche par entre les
feuilles, est enfin monté jusques à la cime. J'ai vu ses
petites ailes, son petit arc et ses flèches en écharpe
sur ses épaules, puis ai été tout ébahi que je n'ai plus
vu ni ses flèches ni lui. Or, si je n'ai pour néant vécu
tant d'années, et diminué de sens en avançant d'âge,
mes enfants, je vous assure que vous êtes tous deux

dévoués à l'Amour, et qu'Amour a soin de vous. »

Ils furent aussi aises d'ouïr ce propos comme si on leur eût conté quelque belle et plaisante fable. Si lui demandèrent que c'était d'Amour; s'il était oiseau ou enfant, et quel pouvoir il avait. Adonc Philétas se prit derechef à leur dire : « Amour est un dieu, mes enfants. Il est jeune, beau, a des ailes; pourquoi il se plaît avec la jeunesse, cherche la beauté, et ravit les âmes, ayant plus de pouvoir que Jupiter même. Il règne sur les astres, sur les éléments, gouverne le monde, et conduit les autres dieux comme vous avec la houlette menez vos chèvres et brebis. Les fleurs sont ouvrage d'Amour; les plantes et les arbres sont de sa facture; c'est par lui que les rivières coulent, et que les vents soufflent. J'ai vu les taureaux amoureux; ils mugissaient ne plus ne moins que si le taon les eût piqués; j'ai vu le boucquin aimer sa chèvre, et il la suivait partout. Moi-même j'ai été jeune, et j'aimais Amaryllide; mais lors il ne me souvenait de manger ni de boire, ni ne prenais aucun repos; mon âme souffrait, mon cœur palpitait, mon corps tressaillait; je pleurais, je criais comme qui m'eût battu; je ne parlais non plus que si j'eusse été mort; je me jetais dans les rivières comme si un feu m'eût brûlé; j'invoquais Pan, qui fut aussi blessé de l'amour de Pithys; je remerciais Écho, qui appelait Amaryllide après moi, et de dépit rompais ma flûte de ce qu'elle savait bien mener mes vaches, et ne me pouvait faire venir mon Amaryllide. Car il n'est remède, ni breuvage quelconque, ni charme, ni chant, ni paroles, qui guérissent le mal d'amour, sinon le baiser, embrasser, coucher ensemble nue à nu. »

Philétas, après les avoir ainsi enseignés, se départit d'eux, emportant pour son loyer quelques fromages et un chevreau daguet, qu'ils lui donnèrent. Mais quand il s'en fut allé, eux, demeurés tous seuls, et ayant alors pour la première fois entendu le nom d'amour, se trouvèrent en plus grande détresse qu'auparavant, et, retournés en leur maison, passèrent la nuit à comparer ce qu'ils sentaient en eux-mêmes avec les paroles du vieillard : « Les amants souffrent, nous souffrons; ils ne font compte de boire ni de manger, aussi peu en faisons-nous; ils ne peuvent dormir, ni nous de clore la paupière; il leur est avis qu'ils brûlent, nous avons le feu au dedans de nous; ils désirent s'entrevoir, las ! pour autre chose ne prions que le jour revienne bientôt. C'est cela, sans point de doute, qu'on appelle amour; tous deux sommes enamourés, et si le ne savions pas. Mais si c'est amour ce que nous sentons, je suis aimé. Que me manque-t-il donc? et pourquoi sommes-nous ainsi mal à notre aise? à quoi faire nous entre - cherchons-nous? Philétas nous dit vrai : ce jeune garçonnet qu'il a vu en son jardin c'est lui-même qui jadis apparut à nos pères, et leur dit en songe qu'ils nous envoyassent garder les bêtes aux champs. Comment le pourra-t-on prendre? Il est petit et il s'enfuira : de lui échapper n'est possible, car il a des ailes et nous atteindra. Faut-il avoir recours aux Nymphes? Pan n'aida de rien Philétas quand il aimait Amaryllide. Essayons les remèdes qu'il a dits, baiser, accoler, coucher nue à nu. Vrai est qu'il fait froid; mais nous l'endurerons. » Ainsi leur était la nuit une seconde école, en laquelle ils recordaient les enseignements de Philétas.

Le lendemain, au point du jour, ils menèrent leurs bêtes aux champs, s'entre-baisèrent l'un l'autre aussitôt qu'ils se virent, ce qu'ils n'avaient oncques fait encore, et, croisant leurs bras, s'accolèrent; mais le dernier remède... ils n'osaient se dépouiller et coucher nus. Aussi eût-ce été trop hardiment fait, non pas seulement à jeune bergère telle qu'était Chloé, mais même à lui chevrier. Ils ne purent donc la nuit suivante reposer non plus que l'autre, et n'eurent ailleurs la pensée qu'à remémorer ce qu'ils avaient fait, et regretter ce qu'ils avaient omis à faire, disant ainsi en eux-mêmes : « Nous nous sommes baisés, et de rien ne nous a servi; nous nous sommes l'un à l'autre accolés, et rien ne nous en est amendé. Il faut donc dire que coucher ensemble est le vrai remède d'amour; il le faut donc essayer aussi. Car pour sûr il y doit avoir quelque chose plus qu'au baiser. »

Après semblables pensers, leurs songes, ainsi qu'on peut croire, furent d'amour et de baisers; et ce qu'ils n'avaient point fait le jour, ils le faisaient lors en songeant, couchés nue à nu. Dès le fin matin donc, ils se levèrent plus épris encore que devant; et chassant avec le sifflet leurs bêtes aux champs, leur tardait qu'ils ne se trouvassent pour répéter leurs baisers, et, de si loin qu'ils se virent, coururent en souriant l'un vers l'autre, puis s'entre-baisèrent, puis s'entre-accolèrent; mais le troisième point ne pouvait venir; car Daphnis n'osait en parler, ni ne voulait Chloé commencer, jusqu'à ce que l'aventure les conduisît à ce faire en cette manière.

Ils étaient sous le chêne assis l'un près de l'autre, et ayant goûté du plaisir de baiser, ne se pouvaient soûler de cette volupté. L'embrassement suivait quant et quant pour baiser plus serré; et en ce point, comme Daphnis tira sa prise un peu trop fort, Chloé sans y penser, se coucha sur un côté, et Daphnis, en suivant la bouche de Chloé pour ne perdre l'aise du baiser, se laissa de même tomber sur le côté; et reconnaissant tous deux en cette contenance la forme de leur songe, longtemps demeurèrent couchés de la sorte, se tenant bras à bras aussi étroitement comme s'ils eussent été liés ensemble, sans y chercher rien davantage; mais pensant que ce fût le dernier point de jouissance amou-

reuse, consumèrent en ces vaines étreintes la plus
grande partie du jour, tant que le soir les y trouva ; et
lors, en maudissant la nuit, ils se réparèrent, et ramenèrent leurs troupeaux au tect. Et peut-être enfin eus-
sent-ils fait quelque chose à bon escient, n'eût été un
tel tumulte qui survint en la contrée.

Des jeunes gens riches de Mélymne, voulant passer
joyeusement le temps des vendanges, et s'aller ébattre
quelque peu au loin, tirèrent un bateau en mer, mirent
leurs valets à la rame et s'en vinrent dans les parages
du territoire de Mitylène, pour ce qu'il y a partout bons
abris pour se retirer, belle plage pour se baigner, et
est bordée de beaux édifices, avec jardins, parcs et
bois, que les uns nature a produit, les autres la main
de l'homme. En voyageant ainsi au long de la côte, et
descendant ci et là, où désirs leur en prenait, ils ne
faisaient mal quelconque ni déplaisir à personne, mais
s'ébattaient entre eux à divers passe-temps. Tantôt,
avec des hameçons attachés d'un brin de fil au bout de
quelque long roseau, ils pêchaient, de dessus un
écueil jeté fort avant dans la mer, des poissons qui
hantent autour des rochers ; tantôt prenaient avec leurs
chiens et leurs filets les lièvres qui fuyaient des vignes,
pour le bruit des vendangeurs ; ou bien ils tendaient
aux oiseaux, trouvant temps et lieux favorables, et avec
des lacs courants prenaient des oies sauvages, des hal-
brans, des outardes, et autre tel gibier de plaine dont
ils avaient, outre le plaisir, de quoi fournir à leurs
repas. S'il leur fallait quelque chose plus, ils l'ache-
taient au prochain village, payant le prix et au delà. Il
ne leur fallait que le pain et le vin, et le logis aussi ;
car ils ne trouvaient pas qu'il fût sûr, étant la saison
de l'automne, de coucher en mer ; et, à cette cause, ils
tiraient la nuit leur bateau à terre, peur de la tourmente
pendant qu'ils dormaient.   (La suite au N° 48).

Imprimerie de Poissy — S. Lejay et Cie.

PETITE

BIBLIOTHÈQUE ILLUSTRÉE

DES

CONNAISSANCES UTILES

SOUS LA DIRECTION DE

L. HUARD

LISTE DES VOLUMES

Il paraît un volume tous les MERCREDIS dans l'ordre ci-dessus, à partir du 12 avril.

PROGRAMME

A mesure que la République, au prix des plus grands sacrifices, répand l'instruction dans toutes les classes de la société, le besoin de lire devient chaque jour plus grand, le champ de la curiosité intellectuelle s'élargit; déjà, par la presse, des notions sommaires circulent à travers la masse des citoyens, éveillent en eux la volonté de connaître plus complètement les hommes et les œuvres dont le nom passe sans cesse sous leurs yeux:

Mais, pour satisfaire ces légitimes aspirations, que d'obstacles surgissent devant la grande majorité des lecteurs. D'une part, le prix élevé des livres; d'autre part, la difficulté de faire un choix, d'opérer une sélection dans la liste parfois considérable des ouvrages de chaque auteur.

Ces considérations nous ont déterminé à fonder, sous le titre : *Les Livres du Peuple*, une bibliothèque républicaine qui, sous un format élégant, et pour un prix insignifiant, fournira aux hommes avides à la fois d'instruction et de saines distractions l'aliment généreux et réconfortant dont notre littérature française est une source inépuisable.

Dix centimes le volume, 36 pages de texte, contenant une œuvre ou des fragments d'œuvres à la fois intéressants et instructifs, signées des noms les plus illustres de notre pays; c'est là que nous avons trouvé la solution du problème. Chaque semaine, dans la chambre du travailleur un nouvel hôte viendra s'asseoir pour lui donner des enseignements ou éveiller son imagination, et à la fin de l'année, ces volumes formeront une sorte d'encyclopédie de la pensée humaine.

Des illustrations soignées y ajouteront un attrait particulier.

Nous estimons que, dans le développement de la conscience républicaine, dans la notion juste des droits et des devoirs, réside l'avenir de notre pays. Nous avons la ferme conviction qu'il faut combattre par l'instruction rationnelle, les enseignements mystiques et faux du cléricalisme. Notre Bibliothèque sera une arme de propagande démocratique et nous avons l'espoir que le public nous aidera à la porter haute et ferme dans la lutte de l'obscurantisme contre la pensée libre.

Histoire, philosophie, théâtre, romans, sciences physiques et naturelles, industrie, toutes les branches des connaissances humaines trouveront place dans *les Livres du Peuple*.

Nous avons confié la direction de cette œuvre éminemment utile à M. Jules Lermina, dont le républicanisme éprouvé, le talent littéraire et la grande érudition sont pour tous le garant des tendances qui seront imprimées à notre Bibliothèque et du goût qui présidera au choix des publications. Tous les républicains voudront lire et propager ces excellents livres.